petit roman

Marc Cantin
Illustrations de Thierry Christmann

LE PLUS GRAND ROI DU MONDE

Pour Julien...

... le plus grand petit frère du monde !!!

Bonjour Julien,
Bonne lecture...
Isabel

Bises.

Marc Cantin
2009

RAGEOT

ISBN : 978-2-7002-3495-4
ISSN : 1965-8370

À Robin…
Un grand,
très grand,
immense
collectionneur
de fèves !

Une idée grandiose

Auguste-Le-Grand est le plus grand roi de tous les temps.

Grand par sa puissance.

Grand par ses richesses.

Grand par sa bravoure.

Mais Auguste-Le-Grand est aussi un roi très petit. Un souverain riquiqui. Une tête couronnée pas plus haute que trois pommes.

Et prenez garde ! Il n'est pas conseillé de se moquer de sa taille de marmot. Sinon, il devient rouge de colère et il vous fait fouetter, pendre par les pieds et jeter aux oubliettes.

Car Auguste-Le-Grand est un roi très susceptible.

Il veut qu'on s'incline, qu'on s'abaisse sur son passage. La révérence est de rigueur car ce qu'il aime par-dessus tout, c'est regarder les gens de haut.

– Bonjour, mon grand roi, dit la reine en rejoignant son mari à la table du grand déjeuner royal.

– ...'Jour, grogne Auguste installé sur sa chaise haute.

– Vous avez bien dormi ?

– Groumf, groumf, ronchonne le roi.

– Vous semblez grandement préoccupé, remarque la reine.

– Pffffff, soupire le roi. J'ai remporté toutes les guerres haut la main. Mon royaume est le plus grand du pays. Mon peuple me respecte. Je suis au sommet de la gloire…

– Vous devriez être satisfait ? s'étonne la reine.

– Oooaaah… je m'ennuie, avoue Auguste. J'ai tout ce que je veux et je n'ai vraiment plus envie de rien.

– Il vous manque pourtant quelque chose, note la reine.

– Quoi donc ?

– Ce château n'est pas à la hauteur de Votre Grandeur, reprend la reine. Élevez des nouvelles tours, dressez des donjons ! Bâtissez un immense château à votre mesure !

– Quelle idée grandiose ! Vous méritez bien d'être mon épouse ! s'exclame le roi en sautant de sa chaise.

Un château dans les nuages

Auguste-Le-Grand rassemble tous les ouvriers de son royaume le matin même.

Il leur explique haut et fort son grand projet, preuve irréfutable de sa haute intelligence.

– Le château devra dépasser les montagnes. Ici, il y aura quatre tours, non, huit, et huit autres au-dessus, surmontées de tourelles. Là, un donjon, jusqu'au ciel, des remparts, les écuries à l'étage, la salle de garde au-dessus, et ma chambre tout, tout, tout en haut ! C'est compris ?

Les ouvriers acquiescent, à genoux devant leur hautain souverain.

– Alors au travail ! Et haut les cœurs ! hurle-t-il.

Les tailleurs taillent sans relâche.

Les maçons maçonnent sans repos.

Les charpentiers clouent sans se taper sur les doigts.

Les menuisiers rabotent sans se plaindre.

Les peintres apportent une dernière touche haute en couleur sur les murs.

En moins d'un mois, ils ont bâti un château que l'on peut voir à cent lieues à la ronde.

Ce fabuleux palais s'élève droit vers les nuages, et ses tours sont si hautes qu'elles semblent gratter le ciel !

– Jamais on n'a vu de château aussi impressionnant, se félicite Auguste-Le-Grand.

– Je suis très fière de vous, lui dit la reine le jour du déménagement. Je vais de ce pas m'installer dans mes appartements.

Hélas, cette nouvelle demeure, haute de forme, attire très vite les convoitises…

Perfide attaque

– Niârk ! Niârk ! Ce château est bien trop grand pour un roi aussi petit ! ricane sournoisement Perfide, le prince du royaume voisin.

Perfide est un jaloux.

Perfide est un envieux, avide de posséder ce qu'ont les autres. À l'école, déjà, il se désintéressait de son goûter et imaginait les pires stratagèmes pour subtiliser celui de ses petits camarades. Auguste s'en souvient parfaitement.

Le prince Perfide décide donc d'attaquer le remarquable château d'Auguste-Le-Grand.

Il prépare aussitôt son armée, fait astiquer les lances et les épées.

– On ne peut plus être tranquille chez soi ! râle le roi en voyant arriver son affreux voisin.

Il enfile à la hâte son armure, pas plus grande qu'une boîte de conserve, et regroupe ses meilleurs soldats.

Perfide donne l'assaut... À coups de boulets, de flèches et d'huile bouillante, Auguste-Le-Grand et ses hommes repoussent l'adversaire.

– Ha ! Ha ! se moque Auguste du sommet de son château. J'espère que tu as compris qui était le plus grand et le plus fort !

– J'ai perdu une bataille, mais je n'ai pas perdu la guerre, prévient Perfide. Tu n'es qu'un haut parleur court sur pattes et je te ferai descendre plus bas que terre.

Devant l'insolence du prince, le roi ordonne de tirer encore quelques boulets.

Baoum ! Baoum ! Baoum !

La reine se fâche

– **Auguste ! Vous savez bien** que j'ai horreur du bruit ! proteste la reine. Je ne veux plus entendre ces canons ! Alors cessez sur-le-champ ce petit jeu avec vos ennemis, s'il vous plaît !

– Grrrrrr... petit... marmonne le roi, rouge de colère. J'ai interdit l'usage de ce mot et nul n'est censé ignorer ma loi. Si ce n'était pas la reine, je la ferais fouetter, pendre par les pieds, ébouillanter et jeter aux oubliettes.

Une fois calmé, le roi réfléchit, réfléchit, réfléchit...

Comment empêcher son ennemi d'envahir son château sans utiliser ses canons ?

Son cerveau commence à fumer quand soudain :

– J'ai une grande idée ! s'écrie-t-il.

Immédiatement, il fait creuser autour du château une tranchée de quatre-vingt-dix-neuf pieds. Puis il ordonne à ses ouvriers de détourner une rivière : l'eau remplit l'immense fossé.

Pour plus de sécurité, Auguste-Le-Grand y fait jeter quelques poissons carnivores, de longues anguilles électriques et un gros dragon aquatique.

– Ainsi, personne ne viendra m'embêter ! déclare-t-il, hautement satisfait.

– Excusez-moi, Votre Immensité, dit la reine d'un air pincé en contemplant le fossé. Maintenant que nous sommes entourés d'eau, comment irons-nous faire nos courses ?

– Euh, pardon ? demande le roi comme s'il n'avait pas entendu.

– J'aimerais savoir comment nous allons SORTIR DE CE CHÂTEAU ? s'énerve la reine.

– Heu… ben… bafouille le roi.

– Vous avez un petit pois à la place du cerveau ! Dépêchez-vous de trouver une solution.

– Grrr ! Petit pois ! rumine le roi, rouge de colère. Un jour, je la ferai fouetter, pendre par les pieds, ébouillanter, découper en morceaux, rôtir et jeter aux oubliettes !

Une idée encore plus grandiose

Une nouvelle fois, le roi réfléchit, réfléchit, réfléchit…

Comment réussir à entrer et à sortir du château sans que le prince Perfide en profite pour lancer un assaut ?

Auguste imagine d'abord un dispositif de propulsion aérienne.

Il place une catapulte hors du château, et une autre à l'intérieur. Mais le résultat n'atteint pas ses espérances.

D'ailleurs les volontaires désignés pour tester cette invention ne sont plus là pour en parler.

Alors le roi réfléchit encore.

Et quand son cerveau fume à nouveau, il s'écrie :

– J'ai une idée de génie ! Nous allons construire un pont qui se baisse et qui se lève !

Les menuisiers et les maçons se mettent au travail sur-le-champ. Avant le coucher du soleil, le pont est terminé.

– J'ai besoin d'un volontaire, annonce Auguste.

Bizarrement, la cour du château est déserte.

– Bande de vils pétochards !!! Abominables trouillards !!! fulmine le roi. Puisqu'il en est ainsi, je serai le premier à essayer ma géniale invention !

Au faîte de sa bravoure, Auguste traverse fièrement le pont, sort du château et ordonne :

– Relevez-le pour que je puisse juger de l'efficacité de mon talent.

Les gardes, cachés derrière les meurtrières, relèvent le pont.

Le roi se dresse fièrement sur la pointe des pieds. De tous les rois, c'est lui le plus grand !

Mais soudain une voix bien connue résonne à ses oreilles :

– À l'attaque !

Auguste se retourne : l'armée du prince Perfide sort de la forêt et se dirige vers le château au triple galop !

Un stupide accident

– **Abaissez le pont ! Dépêchez-vous !** ordonne Auguste-Le-Grand en gesticulant au bord du fossé grouillant de bestioles affamées.

Les gardes actionnent la manette et le pont se baisse en un éclair.

Plafff ! Le pont écrase Auguste !

– Mon Dieu… le roi est mort ! sanglote la reine à sa fenêtre.

– Hourra ! Le roi est mort, exulte Perfide en fonçant de plus belle vers le château.

Mais, au bout du pont, une main apparaît.

Puis une deuxième.

Un pied.

Puis un autre.

– Groumf, grogne Auguste.

Enfin, ce qui ressemble encore vaguement à Auguste.

Une galette avec deux pieds, deux bras et une petite couronne dorée, retraverse le pont.

Le roi est aplati.

– Vite, vite, relevez le pont, ronchonne le roi Raplapla.

Juste à temps !

L'armée de Perfide se retrouve bloquée à l'extérieur du château.

Devant cette ingénieuse invention, le prince Perfide doit s'avouer vaincu.

– Un jour, je me vengerai ! promet-il au comble de sa colère.

Pour toute réponse, Auguste déclenche sa catapulte, et une pluie d'ordures s'abat sur Perfide.

Le roi-galette

Depuis ce jour, plus personne n'a essayé d'envahir le château d'Auguste-Le-Grand.

Hélas, malgré les efforts des médecins, des gardes et des forgerons, le roi est resté aplati, écrabouillé, compressé.

Il ressemble toujours à une galette. Pas plus haute que trois pommes posées les unes au-dessus des autres et écrasées violemment.

Mais prenez garde, il ne faut toujours pas se moquer de lui. Sinon le roi devient écarlate et il vous fait fouetter, pendre par les pieds, ébouillanter, découper en morceaux, rôtir et jeter aux oubliettes.

Car Auguste-Le-Très-Grand est devenu un roi encore plus susceptible. Il veut qu'on s'incline très bas, qu'on se couche sur son passage.

La révérence est de rigueur, car Auguste est une terreur…

Chaque année, pour commémorer le jour où leur roi s'est aplati, la reine et les habitants du royaume organisent une petite fête. Une sorte d'anniversaire.

Ils préparent discrètement une belle galette croustillante, et ils posent par-dessus une couronne en papier doré.

Dès que le roi dort, la fête débute.

Bien sûr, la première année, tout le monde s'est disputé pour garder la couronne.

Alors la reine a réfléchi, réfléchi, réfléchi.

Et quand son cerveau a commencé à fumer, elle a murmuré :

– J'ai une idée. Dans la galette, nous pourrions cacher une fève aussi plate que mon mari !

Depuis ce jour, le sort décide qui, le temps d'une nuit, jouera à être le roi et s'endormira avec la couronne.

Fin...

... à moins que...

– Groumf, groumf, ronchonne Auguste en se réveillant au milieu de la nuit. Il m'a semblé entendre un bruit !

– Mais non, mon très grand roi, répond la reine en entrouvrant la porte de leur très grande chambre.

– Ne serait-ce pas de la musique que j'entends ?

– Vous faites un très grand rêve, le rassure la reine. Fermez vos très grands yeux.

– Groumf… Rooonn… Zzzzzz…

Auguste-Le-Très-Grand s'est déjà rendormi.

Alors la reine pose un (petit) bisou sur son amour de roi-galette et retourne faire la fête !

L'auteur

Marc Cantin est à la tête d'un drôle de royaume. Son château est un petit bureau où s'entassent tous les personnages qu'il crée pour ses histoires. Les dragons y côtoient les inventeurs, les enfants désobéissants discutent avec le père Noël, les fées regardent la télé, les explorateurs jouent aux cartes avec les ogres...

petit roman

www.rageot.fr

- UNE AMITIÉ DIFFICILE, Jean-Côme Noguès
- UN AMOUR DE PERROQUET, Stéphane Daniel
- BABALÉNO ET KASHALO, Yves-Marie Clément
- CADEAU SURPRISE POUR MAMAN, Sylvaine Jaoui
- LE CLUB DES PETITES SŒURS, Sylvaine Jaoui
- LE FIL DE NUAGE, Cécile Geiger
- FILLE DE PIRATE, Christophe Miraucourt
- MA JOURNÉE À LA FERME, Philippe Barbeau
- KOUMBA-LA-DOUCE ET KOUMBA-LA-MÉCHANTE, Albéna Ivanovitch-Lair, Annie Caldirac
- PAPA EST UN SUPER HÉROS, Muriel Zürcher
- UNE PIRATE DANS L'ÎLE, Christophe Miraucourt
- LES PLUMES DU PAON ET DU CORBEAU, Albéna Ivanovitch-Lair, Annie Caldirac
- LE PLUS GRAND ROI DU MONDE, Marc Cantin
- UNE RENTRÉE PAS COMME LES AUTRES, Nathalie Charles
- LE TONNEAU VOLANT, Roland Fuentès
- LE VOLEUR DE CHOUCHOUS, Pierre Bottero

Achevé d'imprimer en France en janvier 2009
par l'imprimerie Clerc.
Dépôt légal : mars 2009
N° d'édition : 4890 – 01